# Dominando a Susan
# La fiesta

Dominando a Susan Vol. 9

Erika Sanders

Dominando a Susan
La Fiesta
(Dominación y Sumisión Erótica)

Erika Sanders
Serie
Dominando a Susan Vol. 9

Primera edición: 2025

# Sinopsis

Susan, después de acabar la universidad se encamina hacia su primer trabajo, un empleo proporcionado por un amigo de la familia, Robert, que siempre ha tenido un especial deseo hacia la hija de su amigo.

Este deseo especial es conseguir que Susan esté bajo su dominación...

**La fiesta (Dominación Erótica)** es una novela de fuerte contenido erótico BDSM y, a su vez, una nueva novela perteneciente a la colección Dominación Erótica, una serie de novelas de alto contenido BDSM romántico y erótico.

También es la novena parte de la nueva serie, Dominando a Susan, donde se relatan las aventuras de Susan, alter ego de la escritora, en su faceta de sumisión.

(Todos los personajes tienen 18 años o más)

# Nota sobre la autora:

Erika Sanders es una conocida escritora a nivel internacional, traducida a más de veinte idiomas, que firma sus escritos más eróticos, alejados de su prosa habitual, con su nombre de soltera.

# Indice:

# DOMINANDO A SUSAN
# LA FIESTA
# (DOMINACIÓN ERÓTICA)
# ERIKA SANDERS

# LA FIESTA

El automóvil se detuvo delante de la puerta y su madre salió de la casa para saludarlos.

"Susan, ¿por qué tardaron tanto? He estado esperando y esperando. ¡No tienes idea de lo que estas personas me han estado haciendo pasar!"

"Oh, mamá", Susan sonrió mientras salía del auto. "Seguramente no puede ser tan malo ".

Su madre la agarró y abrazó con fuerza.

"Estoy tan contenta de que estés en casa", sostuvo a Susan con los brazos extendidos, inspeccionándola de pies a cabeza, sus ojos evaluaron críticamente a su hija.

"Te ves diferente. Apuesto que es porque estás feliz de estar en casa. ¿Es un vestido nuevo? Déjame mirarte bien ".

"Déjala en paz, Caty. Ni siquiera ha entrado en la casa todavía"

La voz del padre de Susan estaba llena de alegría mientras aparecía por detrás de la pequeña mujer desde la casa y abrazaba a su hija con un abrazo de oso.

"¿Cómo estás, Susy? Tu madre me dice que Robert está haciendo que trabajes demasiado duro. Asegúrate de divertirte esta noche".

"Gracias", susurró mientras le devolvía el abrazo. "Pero papá, bájame", se rió mientras él la levantaba del suelo. "Apenas he tenido tiempo de pensar por mí misma esta semana. Y estoy muy ansiosa por la fiesta".

Él la bajó y se rodeó el auto.

"Gracias por acercarla, Robert. ¿Puedes quedarte un rato y ver cómo está todo en la parte de atrás?" dijo mientras le estrechaba con la mano.

"Claro. Déjame saludar a Caty primero", Robert besó a la madre de Susan en la mejilla. "Es bueno verte, Caty, estás tan hermosa como siempre".

Se volvió hacia Paul.

"Solo déjame sacar las cosas de Susan del auto".

Al abrir la cajuela, sacó su bolso y una gran caja decorada.

Se lo entregó a Susan con una sonrisa y murmuró:

"No abras la sorpresa de tu disfraz hasta esta noche, Susy".

"Sí, Mm ... Robert", tartamudeó y él sonrió ante su incomodidad al usar su nombre aquí.

Se volvió a Paul.

"Espero que todo esté ahí atrás como lo encargamos".

Caty le quitó la bolsa a Susan.

"Vamos Susy, deja que los hombres sigan fingiendo ser los señores de la mansión. Puedes guardar tus cosas más tarde. Primero ayúdame a preparar el almuerzo. Debes estar hambrienta después de un largo viaje en coche desde la ciudad ".

Susan pasó la siguiente media hora en la acogedora cocina con su madre burlándose de ella por las quejas continuas con las que le había hablado antes.

Su madre puso los ojos en blanco, pero admitió que después de la conmoción inicial desde que llegaron y desempacaron, más el ruido de la carpa al levantarse, no había sido tan malo.

"Lo malo", dijo luciendo entristecida, "fue que se llevaron toda la comida que me había pasado toda la semana preparando, para hacer Dios sabe qué. Y tu padre en toda la mañana no me ha dejado hablar con ellos, ni me ha dejado hacer nada para estar allí organizando cosas".

Susan solo podía imaginar una cosa que le frustrara más a su madre que hacerlo todo, y es no hacer nada.

"Todo el mundo está siendo tan reservado. Tu padre no me deja ayudar. Y tú no me contarás nada sobre tu disfraz", observó la caja que todavía estaba en un banco de la cocina. "No sé qué hacer conmigo misma. Ni siquiera pude sacar mi auto para ir a mi cita en la peluquería esta mañana, así que pareceré un desastre esta noche", se lamentó.

Susan abrazó a su madre.

"Sabes que a veces solo tienes que confiar en que todo saldrá bien. Además, estoy aquí ahora y puedo ayudarte con tu cabello. Nunca podrías parecer un desastre. Papá solo quiere que sea una noche perfecta para ti. Son veinticinco años, unas bodas de plata. Y parece que él está disfrutando de tener el control hoy. No puedes siempre hacerlo todo mamá. Sé que te gustaría hacer más cosas, pero deja que papá lo haga esta vez. Confía en él. Apuesto que él lo tiene todo planeado. Relájate y disfrútalo ".

"Todo suena como un gran consejo". La voz de su Amo sonó detrás de ella, haciéndola saltar de sorpresa.

Paul lo seguía y miró a su alrededor.

¿Qué hay para almorzar? Me muero de hambre".

Durante el almuerzo, todos hablaron jovialmente.

Sus padres se burlaban uno del otro por llevar ya veinticinco años casados y que tal vez ahora era el momento de cambiar.

Su madre se reía:

"Yo podría ser una de esas mujeres que encontrara un muchacho joven".

Oyeron que un auto se detenía en el camino de grava y Robert sonrió.

"Esa será la sorpresa que les tengo preparadas a ustedes dos, chicas".

Saltó de su asiento y salió de la puerta de la cocina con entusiasmo.

Paul se puso de pie para comenzar a limpiar los platos del almuerzo y Caty lo miró.

"Déjalo. Ya lo haremos".

"No creo que tengas tiempo ahora, mi amor".

La besó en la frente mientras pasaba.

"¿Qué está pasando ahora? ¿Tú estás en esto, Susan?" dijo ella entrecerrando los ojos sospechosamente.

"¡No me mires así, mamá! Tengo tanta idea como tú ".

Un momento después, Robert regresó seguido de cuatro mujeres jóvenes.

"Es mi regalo para Paul", sonrió ampliamente.

Caty se puso roja y comenzó a balbucear a Robert, mientras Paul se reía a carcajadas.

"Traje ayuda para convertirte en la Reina de Corazones más hermosa. Caty, saluda a tu equipo de maquillaje y vestuario. Deben consentirte a ti y a Susan durante esta tarde. Incluso le darán un repaso a Paul si quieres, pero yo supongo que será un no ".

"¿Es por eso que estacionaron esa camioneta de catering detrás de mi auto esta mañana, para que no pudiera arreglarme el cabello?" Caty le arrojó una toalla a Paul, que intentaba sin éxito dejar de reír.

"Ya, Ya mi amor, no pelees frente a Susan", se rió entre dientes.

Susan les sonrió a sus padres.

Nunca los había visto discutir de verdad, aunque estaba segura de que lo hacían de vez en cuando, pero por lo general su padre usaba esas mismas palabras: "Ya mi amor, no pelees frente a Susan" y su madre aceptaba y cualquier disputa menor habría terminado en un momento.

Robert interrumpió sus pensamientos.

Susy, ¿por qué no te llevas a las chicas y les muestras dónde pueden acomodar sus cosas? Deja que los tortolitos se besen y hagan las paces".

"Sí M ... Oh sí, por supuesto, síganme". Ella sonrió a las chicas mientras tropezaba una vez más sobre cómo llamarlo.

Su casi automático "Sí, Maestro", se congeló en sus labios.

Sus padres tenían una pequeña sala de estar junto a su habitación que daba a un gran balcón en el segundo piso de la casa grande, era amplio y luminoso y sería perfecto para ellas.

Susan levantó su caja de disfraces sintiendo el peso y comenzó a caminar por delante de las chicas.

"Dios, es tan pesado. ¿Me consiguió una armadura?" pensó.

La curiosidad la hizo sacudir la caja, lo escuchó aclararse la garganta y levantó la vista.

"Lleva eso suavemente, mi Susy, es delicado".

Él le sonrió burlonamente mientras disfrutaba como ella miraba a su alrededor con los ojos muy abiertos.

Él pensó que ella se daría cuenta eventualmente de que nadie entendería las implicaciones de como la llamaba, pero fue encantador verla sonrojarse un poco.

Su madre los siguió un momento después:

"Tu tonto padre ni siquiera me deja lavar los platos. Dice que hoy soy una reina".

Ella estaba tratando de sonar enojada con él, pero Susan se dio cuenta de lo contenta que estaba con este trato especial.

"Oh, bien", dijo una de las chicas, "eso nos da más tiempo contigo. Yo soy Maggie, estas son Lia, Nicky y Joana ". Cada una de las chicas sonrió cuando Maggie las presentaba." ¿Podemos llamarte Caty o prefieres a Su Majestad para hoy? "su sonrisa era contagiosa y Susan se rió.

Su madre les sacudió un dedo y con una voz severa y burlona, dijo:

"¡No te atrevas, jovencita! Ya es bastante malo que me hayan desterrado de mi cocina. Si lo haces, te cortaré la cabeza".

Susan no pudo evitarlo, ella se echó a reír al ver a su pequeña madre sacudiendo su dedo.

"Está bien, Caty entonces. ¿Qué tal una agradable ducha caliente para abrir los poros y luego un masaje largo y encantador, antes de que empecemos con tu cabello? Ya está decidido".

Tomando su brazo y caminando hacia el baño, Maggie le guiñó un ojo a Robert y luego se volvió hacia Caty, "Tengo algo muy bueno en mente para tu cabello".

"Solo voy a caminar con mmm ... Robert, después también me ducharé, mamá. Vuelvo pronto".

"Está bien bebé, no tardes demasiado". Caty se volvió hacia Maggie, "¿De verdad crees que puedes hacer algo con este desastre?" Hizo girar un mechón de cabello castaño oscuro alrededor de su dedo meñique.

"Susa, deja tu disfraz con Nicky. Ella tiene instrucciones sobre cómo debes usarlo", dijo Robert cuando Susan recogió su bolso levantando la vista sorprendida hacia él. "Confía en mí, pequeña".

Susan echó un vistazo a la puerta del baño que Maggie acababa de cerrar y asintió.

Luego llevó su bolso a su habitación con Robert siguiéndola de cerca.

Tiró el bolso sobre su cama, y al volverse para irse lo encontró bloqueando su camino mientras miraba alrededor de la habitación de su infancia.

Él le sonrió, notando los pequeños toques de rebelión entre la prístina decoración rosa y blanca de pequeña que su madre le había proporcionado a la habitación.

Se acercó y abrió su armario.

"Ah, aquí está. Me preguntaba si alguna vez fuiste una adolescente", se rió Robert.

El interior de las puertas del armario estaba cubierto de fotos de amigos, carteles y pegatinas.

Cajas de basura llenaban el piso del armario junto con zapatillas gastadas y zapatos cursis de tacón.

Se acercó para cerrar las puertas, sonrojándose profundamente.

"Mamá es muy exigente con el aspecto de la casa", murmuró.

"Una chica tan buena, ¿verdad?" Volvió a la puerta. "Aceptarás todas las sugerencias de las chicas sobre tu cabello, maquillaje y vestuario. Le he dado instrucciones detalladas a Nicky sobre cómo debes lucir."

"Sí Maestro", susurró.

"Buena chica. Ahora ve a la ducha. No es necesario que me acompañes a la puerta, y volveré temprano esta noche".

"Sí, Maestro", su voz apenas era más que un susurro.

"Ah, y puedes llamarme Robert aquí si eso es lo que te preocupaba durante el almuerzo".

"Gracias mmm ... Robert", ella todavía tropezó con su nombre.

Él sonrió y acarició su mejilla ligeramente cuando Paul llamó desde el pie de las escaleras.

"Necesito una mano allí abajo".

"Voy." Robert se giró un poco para hablarle "Estoy dejando a las chicas ahora y quitándome de en medio antes de que me conviertan en una princesa de la corte. Bajo en un minuto".

Sus ojos no habían abandonado su rostro cuando había con su padre, y bajando la cabeza, la besó rápidamente.

"Sé una buena chica y haz lo que se te dice ya que las chicas solo transmitirán mis deseos. Te veré como el hada del reino de los cuentos esta noche". La besó de nuevo murmurando "Mía", antes de alejarse abruptamente.

La tarde fue pasando volando.

Había sido lavada, masajeada, retocada y pintada junto con su madre.

Su madre había exclamado una y otra vez sobre tal lujo o cual lujo.

Por su parte, Susan había aceptado todas sus decisiones al decirle desde el principio a Nicky:

"Sabes cómo se ve mi disfraz. Solo haz lo que creas mejor".

Se había aferrado a la cadena que él le había dado durante la tarde.

Finalmente reconoció al hada como una versión muy adulta del personaje de Disney, Campanilla, que había amado de niña y sonrió.

Recordó haber intentado volar y lastimarse cuando saltaba desde mesas y sillas mientras usaba unas pequeñas alas.

Robert había regresado para hacerse cargo de los preparativos en el jardín.

Paul se unió a él para prepararlo todo.

Susan y su madre se habían sentado juntas en el balcón mientras se acercaba la puesta del sol y Susan escuchó a su madre preocuparse por lo que habrán hecho con su comida y con las decoraciones que aún no había visto cuando oyeron la voz de su padre:

"Vamos a comer las sobras que dejaste durante semanas ya lo sabes", rió su padre desde la puerta. "Es hora de vestirse, mi amor", le tendió la mano a Caty. "Nicky ha llevado el disfraz a tu habitación, Susy. Ve".

Fue a su habitación y le sonrió a Nicky.

"Finalmente, puedo verlo".

"Oh, ¿no lo has visto? Es exquisito. Vamos, tenemos mucho en lo que vestirte".

Levantó la tela verde manzana de la caja cuando Susan dejó caer su bata.

No llevaba nada debajo, sorprendiéndose a sí misma con la facilidad con la que se quedaba desnuda en las últimas veinticuatro horas delante de extraños.

Al meterse en lo que ella pensaba que era un tipo de leotardo de cuerpo entero, notó el intrincado rebordeado que llevaba y cuando se lo levantó y se lo colocó en su lugar, se dio cuenta de que las sujeciones de corsetería habían sido cosidos en el corpiño.

Se lo colocó en su lugar y la correa de un hombro se inclinó sobre su hombro.

Respiró hondo cuando ella cerró con fuerza los ganchos y ajustes, y se sonrojó ligeramente cuando Nicky manipuló sus juguetones senos para colocarlos en su lugar dándole más escote de lo habitual.

Después le subió sobre una cadera una pequeña falda hecha de una variedad de telas de color verde brillante con cuentas y unas telas bordadas para que parecieran hojas y se la sujetó en su lugar.

Luego se pasó hasta el otro muslo y la cadera y nuevamente la abrochó con seguridad.

Le dio unos pequeños zapatos de satén verde manzana para sus pies.

Luego la ató a sus muñecas y tobillos unas cadenas doradas con pequeñas campanas y hojas esmaltadas antes de espolvorear cada centímetro expuesto de su piel con un fino brillo dorado.

"Estás casi lista, Campanilla".

Nicky tomó la cadena con el hada que Robert le había dado antes y le colocó una cadena adicional de hojas esmaltadas antes de colocarla alrededor de su cuello y retroceder.

"Ve a mirarte en el espejo mientras tomo tus alas".

Se puso enfrente de su espejo mientras ella le colocaba unas delicadas alas genialmente elaboradas, similares a pequeñas alas de mariposa.

Su estructura plateada tenía incrustaciones de película transparente para que parecieran pequeñas vidrieras.

Nicky las aseguró contra su espalda.

"Wow", ella suspiró.

Susan estaba abrumada y, aunque estaba feliz de mostrarles a sus padres primero, lo que realmente quería en ese momento era ver la sonrisa y el placer de su Maestro con el disfraz que él había elegido para ella.

Se dio cuenta de que no solo lo quería, sino que lo necesitaba y su mente dio vueltas por esos pensamientos mientras seguía a Nicky de regreso a la habitación de sus padres.

"¡Oh, Paul, mira que nuestra pequeña Campanilla está de vuelta! Bebé, te ves maravillosa. Recuerda que cuando eras pequeña, todo lo que siempre quisiste ser era Campanilla y mirarte ahora".

El padre de Susan frunció el ceño.

"Estás hermosa, pero es un poco revelador, Susy. ¿No tendrás frío? No es una fiesta en la piscina".

"Mira quién habla", respondió Susan descaradamente, "¿Cómo te convenció mamá de que te pusieras medias?"

"Oh, callen ustedes dos. Ambos se ven maravillosos, solo que no tan bien como yo", se rió su madre y giró con gracia.

"Susy, baja y mira si Robert tiene todo listo para tu madre antes de que me riña de nuevo". Le preguntó su padre.

"Claro papá." Miró a su madre, "Te ves tan hermosa, mamá. Fue una muy buena idea".

Ella casi salió corriendo de la habitación, emocionada de su Maestro la viera.

"¿Estaba mal anhelar su aprobación tan desesperadamente?" pensó y se mordió el labio inferior frenando su caminata.

Todo sobre esto la semana pasada le hubiera parecido muy mal.

Las líneas entre lo correcto y lo incorrecto eran borrosas para ella ahora y no sabía en que punto estaba volviendo a dibujar esas líneas.

Sus pensamientos giraban de un sitio a otro y cuando salió de la puerta de la cocina, se le cortó la respiración.

El patio estaba bañado por el cálido resplandor de un millón de centelleantes luces de hadas colgadas en los árboles y suspendidas en los postes.

Un sendero conducía a una enorme carpa y ella lo siguió hasta la entrada.

Mirando adentro, se quedó abrumada.

A los lados aparecían telas ricas que estaban sujetos a segundos paneles, que distribuían la carpa en pequeñas áreas en el exterior con cómodos sofás y sillas.

En el centro, pequeñas mesas estaban colocadas alrededor de la pista de baile central, encabezadas por dos tronos de aspecto regio en una mesa para dos.

De hecho, semejaba a un reino de cuento de hadas y estaba asombrada cuando sintió su mano deslizarse por su hombro y brazo.

"Hola mi Campanilla. ¿Te gusta tu disfraz?"

"Oh, sí". Tenía los ojos brillantes mientras miraba a su alrededor antes de susurrar: "Maestro".

Él le dirigió una amplia sonrisa y ella sintió que todo el calor le llenaba el estómago con las familiares mariposas que le proporcionaba este hombre.

"Más importante aún, ¿te gusta a ti?" ella preguntó en voz baja.

"Bueno, déjame ver", sonrió, "Gírate por mí".

Se tomó un tiempo para evaluarla mientras ella observaba su camisa blanca con volantes, vestido con pantalones y botas, se preguntó si habría más en su disfraz que no se veía a simple vista, cuando finalmente habló.

"Muy linda y te queda perfectamente".

Ella le sonrió.

"Papá quiere saber si todo está listo para poder dejar que venga a mamá, creo que le está haciendo pasar un mal rato".

Robert se rió entre dientes:

"Claro, abriré un poco de champán. Espera un momento e iré contigo de regreso a la casa".

Se puso un abrigo ricamente bordado y un sombrero de tres cuartos.

El puño de una manga de la chaqueta era negro y un gancho plateado brillaba sobre su mano.

"Un gancho" expresó ella.

"Sí, en la historia creo que se las arregla para atrapar a la pequeña Campanilla en una jaula dorada. Quizás te capture, pequeña. Una jaula para ti parece una buena idea, en este momento". Él sonrió mientras ella miraba a su alrededor nuevamente notando al personal de catering a una discreta distancia. "Ven, vamos a llevarles champán a los tortolitos".

Tomando una bandeja de vasos y una botella del personal del bar, le siguió a la cocina y los puso en un banco, llamando por las escaleras a sus padres.

"Cuando estés listo, Paul".

Golpeó su trasero con fuerza cuando regresó al banco y sonrió ante su gemido de sorpresa.

"Irresistible mi pequeña ..." lo dejó sin acabar mientras sus padres bajaban las escaleras y les entregaba a todos una copa de champán.

Su madre exclamó de pura alegría al ver la transformación de su patio.

Miró todo minuciosamente buscando un pequeño defecto para poder decir que deberían haberla dejado ayudar, pero no encontró ninguno.

Sentada en su trono, examinó la carpa y suspiró.

"Muchas gracias Robert, sé que Paul no podría haberlo hecho sin tu ayuda", dirigiéndose a su marido, ella sonrió "Y él recibirá su agradecimiento más tarde ".

"Una cosa más para mostrarte mi amor", la tomó de la mano y la guió hacia el otro lado de la casa mientras Susan les seguía con curiosidad.

Había dos filas de tiendas de campaña.

"Algunas personas se quedarán para que no tengan que hacer el largo viaje de conducir a casa, y una pareja ya está aquí. "

Una algarabía se produjo cuando Blancanieves y el Príncipe Encantador salieron de la tienda y su madre gritó y corrió a abrazarlos.

Susan reconoció a su tía y tío que llevaban viviendo en Italia los últimos quince años. años

Después de que los ánimos se calmaron después de muchos abrazos, besos y lágrimas, Susan se volvió hacia su padre.

"¡WOW, papá! ¿Cómo lograste todo esto?"

Todos caminaron hacia la carpa mientras su padre le pasaba una mano por el hombro.

Él sonrió.

"Tuve ayuda. pero lo hice bien, ¿eh? "

" Sí, papá. Lo hiciste muy bien."

En la siguiente hora, la gente fue llegando en un ritmo constante y el champán fluyó de copa en copa.

Los invitados no solo de la propia ciudad, sino también de la capital del estado y de otros estados, viajaron a la pequeña ciudad y a su hogar.

Susan fue abrazada y besada por personas que apenas conocía pero que le aseguraron que la conocían.

Finalmente, ella se liberó de la multitud y se dirigió a un extremo tranquilo de la carpa para recuperar el aliento.

Sentada en un suave sofá en uno de los patios a un lado de la carpa, vio a su Maestro acercándose a ella con Peter Pan y Wendy.

"Ahí estás Campanilla. Solo les estaba diciendo a Peter y Wendy que podrían volar si te encontrábamos y te sacudimos para conseguir un poco de polvo de hadas".

Ella se rió y miró a los dos reconociendo en Wendy a Carla, su esposa, y quien se encogió de hombros.

Poniéndose de pie para saludarlos, se sonrojó un poco.

Entendiendo mal el sonrojo, Carla habló amablemente:

"Realmente no te sacudiremos cariño. Esta es mi compañera Vicky". Ella dijo tomando a Vicky de la mano, "Finalmente creo que me voy a divorciar de este viejo reprobado que nunca llega a casa". Le dio un codazo a Robert en las costillas mientras lo decía. "Vicky, esta es Susan, la hija de nuestros anfitriones".

Susan parpadeó:

"Wow, quiero decir, encantada de conocerte, Vicky", dijo Susan demasiado sorprendida por el anuncio.

"Cuida de Vicky por un momento, Susan. Robert, muéstrame dónde se esconden los baños, debe haber uno por aquí en alguna parte", y lo tomó del brazo mientras se alejaban.

Hablaron un poco sobre sus vidas, Vicky era una buena chica con una figura algo redonda y estaba muy nerviosa por estar aquí con personas que conocían a Robert y Carla como su pareja.

"Hay tanta gente aquí que probablemente nadie se dará cuenta, a menos que Carla les cuente todo. Parece muy feliz de estar contigo", le aseguró Susan.

"Oh, las dos estamos tremendamente felices", sonrió Vicky, "la amo. ¡Ella es increíble!"

Levantó la vista cuando vio que Robert y Carla estaban caminando de nuevo hacia ellos riendo agradablemente.

"¿Podría yo decir eso si me quedara con él?" pensó: "¿Alguna vez los amos y los esclavos profesaron amor? Supongo que él habría usado las palabras adoración y devoción. Eso era amor, ¿no? ¿Tal vez?"

Sus dientes habían vuelto a atrapar su labio y ella se lo mordió pensativamente.

Se volvió hacia Vicky y sonrió.

"Realmente estoy muy feliz por ti. Todos deberían tener un amor así en sus vidas. Carla está de regreso, así que discúlpame, te veré más tarde".

Susan había sentido una punzada de tristeza por no poder hacer ese tipo de cosas románticas en este reino de cuento de hadas y quería estar lejos del hombre al que le deseaba tomar la mano, sabiendo que no le gustaría.

La gente la detenía a menudo mientras se abría paso entre la multitud para saludarla y conversar, por lo que sonrió y se dejó arrastrar entre la gente de la carpa abarrotada y se abrió paso lentamente hasta el otro lado del patio.

Finalmente, al encontrar algo de espacio, miró a su alrededor y abrió los ojos con pánico.

"Harry".

Ella se apresuró hacia él.

"Mierda Harry, ¿qué estás haciendo aquí? ¿No estás en un viaje de surf con tus amigos? No, por supuesto que no si estás aquí. ¿Por qué?"

"WOW Susan, te ves increíble", se inclinó para besarla y ella le puso la mejilla.

"¿Por qué estás aquí?" ella preguntó de nuevo.

"Te dejé un mensaje y te envié mensajes de texto. No respondiste. Me lo dijiste, ¿recuerdas?" Ahora estaba enojado y la miraba como si fuera estúpida.

"Oh Dios", pensó. "No había respondido a su mensaje", sus pensamientos se volvieron oscuros.

Ella sabía que esto no iba a salir bien.

"¿Está todo bien, Susy?" Robert apareció entre la multitud.

"¡Mierda, mierda, mierda!" su mente daba vueltas "¿Cómo pude haber sido tan estúpida?"

La cuestionó nuevamente mientras ella dudaba.

"¿Susy?”

"Está bien, no pensé que Harry vendría. Les dije a mis padres que no vendría, así que no tiene sitio asignado ..." Ella recolocó sus pensamientos y respiró hondo, "Robert, él es Harry ".

Se estrecharon la mano mientras Robert decía:

"Ya veo. Bueno, ahora que está aquí, será mejor que se quede. Podemos acoplarlo en una de las mesas traseras, estoy seguro que hay sitio allá, ven conmigo, Harry, y te organizaremos un lugar".

Robert habló con autoridad y no le dio a Harry otra opción que seguirlo hasta el área del bar y, mientras a este le servían una cerveza, Robert organizó algunos asientos.

Volviendo hacia ella mientras hablaba una vez más con un grupo de personas, Robert se inclinó para susurrarle al oído:

"No te preocupes, confía en mí".

Más fuerte dijo:

"Anne te está buscando. Ella y Alan llegaron hace unos veinte minutos".

"¿En serio, Anne está aquí?" Miró a su alrededor emocionada, contenta de tener una amiga suya aquí esta noche. "

" Sí, realmente, ¿por qué mentiría? "Robert se rió de su emoción" Creo que fueron a presentar sus respetos al rey y a la reina. Iré a buscarlos para que te puedas quedar aquí, pequeña Campanilla. No te vayas. "

Ella asintió con la cabeza.

"Sí, mm ... Robert".

"Buena chica, cuida de ella Harry".

Observó a Robert moverse a través de la carpa abarrotada mientras Harry le pasaba el brazo perezosamente por los hombros.

Ella se encogió de hombros, alejándose de él.

"¿Podrías traerme un trago, Harry, tal vez champán?"

"El bar está justo ahí". Dijo señalando y sin moverse hacia él.

Ella puso los ojos en blanco y caminó hacia el bar por sí misma.

Después de una semana de ser atendida y cuidada, la falta de modales de Harry la molestó.

"Robert tiene razón". Pensó. "Él no es el indicado para mí, en realidad no lo es".

Cuando regresó con su bebida, vio a Anne y Alan y se rió alegremente al verlos.

Alan tenía unos pantalones demasiado altos con tirantes y orejas de conejo largas y blancas, mientras que Anne era una sensual diva vestida de rojo, Jessica y Roger Rabbit.

Se dio cuenta de que la lengua de Harry casi le colgaba de la boca mientras miraba a Anne, pero los ojos de Robert estaban sobre ella.

"Pensé que le había dicho que no volviera a irse, Campanilla", había un tono duro en la voz de Robert y ella se estremeció ante el tono.

"Necesitaba un trago. Le pedí a Harry que me lo trajera, pero él solo señaló el bar", explicó.

"WOW, esos son unos malos modos, Harry. Los caballeros no rechazan tales solicitudes. Anne me ignoraría por el resto de la noche si hiciera eso". Dijo Alan alegremente.

Harry tuvo la sensatez de verse avergonzado cuando Anne agregó:

"Y no lo olvides".

"¿Otra bebida querida?" Alan sonrió de lado.

"Gracias, amable señor, respondió Anne.

"Vamos Harry, te mostraré cómo se hace". Agarró el brazo de Harry y lo llevó a la barra.

Anne se rió alegremente y abrazó a Susan.

"Mírate Campa-Susan. ¡Te ves espectacular!"

"Dios, Anne, tu vestido es como una segunda piel. ¡WOW!"

"¿Qué, esta vieja cosa? Simplemente la tenía colgada en un armario de la casa". Ella guiñó un ojo y se rió a carcajadas. "Robert nos organizó una invitación de última hora. Esta sí es una fiesta. ¿Me lo enseñarás todo más tarde?"

"Claro, estoy tan contenta de que estés aquí Anne. Realmente lo estoy".

Alan y Harry aparecieron con más champaña y reemplazaron las copas de las chicas, dándoles las viejas a los camareros que pasaban.

"No veo nada de viejo en ese disfraz, y te da puntos para más tarde en la noche si sabes a lo que me refiero". Alan guiñó un ojo y Anne puso los ojos en blanco.

Sonó un gong y todos fueron invitados a tomar asiento.

Robert desapareció para ayudar a Harry a encontrar su mesa y le dijo que buscara a Carla y Vicky donde estaba colocada la mesa más cercana a sus padres.

Se sirvieron platos de antipasto en mesas para servirse cada uno a sí mismo mientras sus padres se levantaban para dirigirse al grupo.

Paul se aclaró la garganta y comenzó agradeciendo a todos por venir, a su amigo Robert por su ayuda en organizar la fiesta, a su hermosa hija Campanilla y finalmente habló de su amor por la mujer que lo había soportado durante los últimos veinticinco años.

Su madre tenía los ojos llorosos y lo besó apasionadamente para que todos lo vieran.

Ella se volvió hacia la multitud.

Habló sobre la suerte que tenía de tener una familia y unos amigos tan maravillosos y lo agradecida que estaba de que todos pudieran estar aquí con ellos esta noche.

"Tal reunión, nunca la hubiera creído posible". Besó a Paul nuevamente diciendo "¡Ahora a comer, a comer! Hay mucho para todos, ¡disfruten!"

La conversación en la cena fue animada ya que su tía y su tío los regalaron con historias de Italia e invitaron a Susan a ir cada vez que quisiera.

A su vez, ella le contó su ilusión de haber querido ver desde siempre las maravillas del país y la belleza del campo del que tanto había oído hablar a sus padres.

Cuando terminaron los platos principales los invitados comenzaron a desplazarse entre las mesas para conversar con diferentes personas.

Susan cedió su asiento a una amiga de sus tíos y miró a su alrededor para ver a Anne caminando hacia ella.

"Susan, muéstrame dónde tienes escondida tu habitación de chica, por favor". Anne sonrió.

Robert también se levantó para dejar su asiento y dijo:

"Ustedes chicas, diviértanse", y se dirigió hacia la dirección de dónde venía Anne.

Cuando se volvieron para ir a la casa, Susan se detuvo para presentarle a Carla.

"Oh, Anne, ¿has conocido a Carla y Vicky? Carla, Anne y su pareja son amigos de Robert en el trabajo".

Carla se puso de pie y sonrió.

"No Robert y yo no hemos frecuentado los mismos círculos durante años. Encantada de conocerte, Anne. ¡Ese vestido es impresionante!"

"Gracias Carla, tú y Peter Pan son una excelente pareja. Ahora me llevo a Susan para que me muestre sus cosas, pero volveré para charlar con ustedes en seguida, o vayan a visitar nuestra mesa después del postre". Ella la alentó.

"Sabes ya que has conocido mis cosas en el exterior, vamos a entrar a la casa" Susan se rió y guió a Anne por la puerta de la cocina al baño de la planta baja.

Cuando Anne entró, Susan se apoyó contra la pared y cerró los ojos.

El champaña se le estaba subiendo, pensó que sería mejor beber más agua cuando regresara.

Cuando abrió los ojos, Robert estaba allí mirándola.

Ella se congeló.

"Parece que necesitamos hablar, pequeña".

Él caminó hacia ella con sus ojos recorriendo tranquilo la casa.

La puerta del baño se abrió y salió Anne.

"Necesito hablar con Susan, Anne. Simplemente gira a la izquierda al salir de la cocina, sigue de frente y encontrarás el camino de regreso".

Sus ojos no dejaron la cara de Susan mientras le hablaba y ella sintió que su pulso se aceleraba.

No estaba segura de lo que quería decirle, aunque imaginaba que se trataba de Harry y se reprendió nuevamente por ser tan estúpida.

Anne podía sentir la tensión que irradiaba Robert y dándola a Susan una mirada tranquilizadora, los dejó solos.

La impulsó delante de él por las escaleras y hacia su habitación.

Tomando un gran durazno de su bolsillo, dijo "Abre la boca" y lo metió entre sus dientes.

"Muerde, pero no hasta el final".

Él la observó mientras ella obedecía.

"Buena chica, ahora sostenlo allí. Inclínate hacia adelante y coloca tus manos sobre la cama con los pies bien separados".

Levantando las hojas de su falda, agarró la tela que cubría su trasero y tiró con fuerza para bajarle el calzón y exponer sus nalgas.

Ella gimió suavemente alrededor del durazno.

Se trasladó a la bolsa que había empacado y sacó un pequeño cinturón de cuero de mujer.

El primer latigazo del cinturón la tomó por sorpresa y casi escupió el melocotón cuando su chillido fue amortiguado por él.

"Eso fue por no contarme sobre los mensajes de Harry".

La azotó de nuevo.

"Por no confiar en mí lo suficiente como para lidiar con su presencia aquí"

El cinturón le alcanzó por tercera vez.

"Y por salir con un tipo tan arrogante".

Sus dedos recorrieron la longitud de las líneas rojas y punzantes que le había dejado a ella antes de que le azotara una vez más.

"Y porque mi esclava se ve como una zorra tan caliente que ahora tengo un ataque de furia".

Al azotarle el trasero sabía que no la había golpeado lo suficiente como para causarle un dolor real o hacerla gimotear, pero sí lo suficiente como para calentarla y recordarle su dominio sobre ella.

Tirando de la tela de su ano, la colocó en su lugar mientras ella respiraba profundamente.

"Una última cosa".

Él le insertó lo que parecía un tampón en su coño. que estaba mojado por su exhibición de dominio sobre ella.

"Si yo estoy incómodo esta noche, tú también lo estarás. Puedes incorporarte".

Sosteniendo aún el melocotón, dijo: "Abre la boca".

Ella la abrió y él se lo quitó y volvió a guardarlo en su bolsillo.

Del otro bolsillo sacó un control remoto y su memoria le devolvió gratas sensaciones:

"Bien, lo recuerdas, vamos a probarlo, ¿no?"

Él presionó el interruptor una vez por lo que una vibración baja comenzó dentro de ella haciéndola jadear y saltar ligeramente.

Él sonrió.

"Simplemente encantadora" y le acarició la mejilla. "¿Volvemos a la fiesta ahora?"

"Sí, Maestro", susurró.

Salieron de la casa y cruzaron el patio hacia la carpa.

Robert guió a Susan a las mesas traseras donde Harry coqueteaba escandalosamente con una de las chicas que habían formado parte del equipo de peluquería y maquillaje, Lia recordó que se llamaba.

"¿Dónde demonios has estado?" Harry casi gruñó a Susan y ella se dio cuenta de que estaba borracho.

"Tal vez deberías reformular esa pregunta antes de que te ayude a encontrar tus modales Harry", la voz de Robert era tranquila y mesurada, pero miró a Alan que estaba sentado en la mesa de al lado significativamente.

"¿Qué te pasa viejo?" Harry dijo beligerantemente: "Puedo hablar con mi novia como quiera".

"Usted es un invitado que no ha sido invitado que bebe alcohol gratis y come comida gratis y necesita mostrar respeto a las personas que le proporcionan todo eso, Harrycito. Un comentario más como ese y lo ayudaremos a encontrar esos modales definitivamente".

"Tú y cuantos más", Harry se puso de pie vacilante cuando Alan le puso una mano en el hombro.

"Lo que pareces olvidar, Harrycito, es que estás terriblemente superado en número aquí. Todos somos amigos o familiares de la feliz pareja, tú, en este momento, no lo eres".

Un par de hombres de las mesas cercanas también se habían levantado y Susan estaba horrorizada de cómo se estaba portando Harry.

"¿Vas a quedarte parada ahí como una perra tonta y no decir nada?" Harry escupió a Susan. "Estoy con ella, estoy invitado".

"Te estabas divirtiendo con tus amigos, hasta que viniste aquí, eso dijiste", hizo una pausa para tomar un respiro, "Y teniendo en cuenta que estabas manoseando a Lia ahora mismo, no creo que creas que puedes confiar en mí para respaldarte" ella dijo con mucha calma, "La gente no estaría muy contenta si pensaran que tengo un novio picaflor".

"Estúpida perra", comenzó Harry, pero Alan lo interrumpió.

"Vamos amigo. No puedes ganar esta batalla. Somos demasiados y si le dices una palabra más a Susan", dijo Alan en voz baja, "te dejaré caer al suelo como un saco de papas e incluso eso no te salvará de lo que ese viejo te hará después ".

Llegaron dos hombres fornidos del personal:

"Vamos, hijo. Vamos a caminar".

"Si me haces irme, terminamos Susan," siseó amenazadoramente él a pesar de su situación.

"Sí", ella estuvo de acuerdo, "Hemos terminado. Vete a tu casa, Harry".

Los hombres corpulentos avanzaron cuando él comenzó de nuevo

"Te arrepentirás de esto, idiota ..."

Alan lo golpeó entonces y Harry cayó al suelo.

Los hombres lo agarraron por los brazos y lo levantaron para alejarlo.

Susan estaba mortificada y se volvió para mirar a la gente que miraba desde las mesas cercanas.

"Lo siento, a todos. Vuelva a la fiesta, diviértanse, por favor".

Su padre apareció a su lado, mientras ella se disolvía en lágrimas.

"Lo siento mucho papá, arruiné tu maravillosa fiesta".

"No seas tonta, Susy. Acabas de alegrarme el día. Nunca me gustó ese idiota. Ya era hora de que lo dejaras". La abrazó, "Ven conmigo ahora", le dio unas palmaditas en la espalda. "Toda princesa besa algunos sapos antes de que encuentre al príncipe rana". Se dejó llevar y él tomó su mano. "Vamos a buscar a tu madre. Ella se enojará si la dejamos fuera de cualquier drama. Ya sabes cómo es".

Caty echó un vistazo a la cara llorosa de Susan y entró en el modo reina del drama completo.

"¡Mi pobre hija! ¡Qué cosa más terrible ha sucedido esta noche! No te preocupes, hija", atrajo a Susan hacia ella, "Lo arreglaremos todo en un santiamén."

Ella envió a Paul a buscar a Nicky y decirle que consiguiera su kit de maquillaje y a la amiga que Robert invitó.

Llevó a Susan a la cocina y se las arregló con pañuelos hasta que Nicky y Anne entraron.

"¿Vieron ustedes lo que pasó? Paul nunca entiende bien las historias".

"Yo lo vi", se ofreció a contarle voluntariamente Anne cuando Nicky abrió su maletín y comenzaba a reparar el maquillaje dañado.

Anne se dejó nada al retransmitir toda la escena palabra por palabra.

"El pequeño y sarcástico gigolo. Me alegra que le hayas mandado a tomar por culo, porque si no juro que...", dijo Caty en italiano sosteniendo un rodillo en sus manos como si fuera a golpear alguien.

"¡Madre!" Amonestó Susan.

Anne preguntó ansiosamente:

"¿Qué dijo ella?, ¿qué dijo?"

Susan miró a su madre.

"Sabes que maldecir y jurar sigue estando mal incluso en italiano", se rió Anne y se rió aún más por la expresión en la cara de Caty.

"¿Y qué? Es mi fiesta y juraré si quiero, juro si quiero ..."

Ella comenzó a cantar la canción 'Esta es mi fiesta' y Susan puso los ojos en blanco.

En ese momento Robert y Paul entraron con vino tinto y vasos.

"Tendrás que interrumpirla pronto, papá. Jura en italiano y canta viejas canciones de beat".

"Ooh, cariño" sonrió y tomó a su esposa para bailar alrededor de la cocina.

"Ustedes dos tortolitos necesitan irse afuera. La gente está esperando para el postre". Robert se echó a reír y Paul bailando sacó a Caty por la puerta de la cocina.

Nicky cerró su maletín.

"Bueno como nueva". Ella le sonrió a Susan, "Yo también creo que él era un pendejo", luego se levantó y volvió a la fiesta.

Susan miró a Robert y Anne, "Lo siento mucho".

"Ah, cariño, no lo hagas, la mayoría de las chicas como nosotras salimos con matones y gilipollas antes de encontrar el estilo de vida que nos gusta. Hay una línea muy fina entre dominantes y dominantes, un gilipollas y un ..." Ella sonrió a Robert marcando la diferencia ahora. "No, cariño ".

Susan asintió y miró a Robert, que la estaba mirando atentamente.

"¿Anne, te gustaría ver la vista que se ve desde el balcón de arriba? No quiero volver ahí afuera todavía". Susan le preguntó.

Robert sacudió su cabeza imperceptiblemente hacia Anne.

"¿Podemos ir después del postre cariño? Solo sé que si no regreso Alan se habrá comido el mío y tendré que venir y robar el tuyo por dejar que lo hiciera".

Susan se rió.

"Está bien, cambiemos los lugares solo por el postre para asegurarme de que tú obtengas el tuyo y pueda agradecerle a Alan por su caballerosidad".

"Eso me gusta." Anne sonrió y la puso de pie. "Vamos Campanilla, vamos a volar".

Robert las siguió hasta la puerta y de regreso a la fiesta.

No tenía dudas de que Alan la animaría y la haría reír, por lo que acompañó a Anne a su mesa y dejó que Susan se fuera por su cuenta hasta que se diera cuenta de que a nadie le importaba Harry.

Alan la miró mientras se sentaba a su lado.

"Bueno, hola Campanilla. Te ahorré la molestia de agradecerme comiendo dos postres como recompensa", sonrió. "Es un trabajo duro ser un héroe y todo eso. Y sabía que insistirías".

Susan se rió alegremente mientras él hablaba tan fervientemente que no había forma que se le quitar la sonrisa de su rostro.

"De hecho eres mi héroe, Alan, y como tal también eres bienvenido a mi postre, pero desafortunadamente Anne está allí comiéndose el mío mientras hablamos".

Paul apareció en su mesa.

"Tu madre te hizo un postre especial Susy. Ella me hizo venir hasta aquí para dártelo cuando Anne apareció en tu asiento".

Sacó un plato de bonitos macarrones de fresas rosas y lo dejó sobre la mesa.

Le estrechó la mano a Alan.

"Gracias por cuidar de mi pequeña antes."

"¡Oh, estoy siendo recompensado, te aseguro que Susan me ha prometido su postre y desde aquí se ve genial!" Alan jaló el plato hacia él sonriendo como un niño de escuela haciendo que Susan se riera aún más.

Paul sonrió al escuchar la risa de Susan.

"¿Sabes? Creo que tu mamá también te enviará a casa con una caja de este pastel. Creo que hizo cientos la semana pasada".

"Susan, esperaré aquellos en mi escritorio el lunes con café".

Alan murmuró con un bocado rosado en la boca y esta vez Paul se rió con ella.

"Ven a bailar con tu querido y viejo papá. Ya no te vemos con la suficiente frecuencia".

Él la tomó de la mano y la condujo de regreso al frente de la sala y la pista de baile.

Sus padres eran aficionados a las grandes baladas de rock de los años 70 y The Eagles sonaba en esos momentos desde los altavoces mientras se dirigían a la pista de baile.

Alan los había seguido colocando el plato de macarrones frente a Anne anunciando:

"Esa es mi recompensa por salvar a Susan, no dejes que nadie los robe". Y se acercó a Caty ofreciéndole un baile con una sonrisa, "Escuché que te estás convirtiendo en una fiera".

Él movió las cejas hacia ella y ella se sonrojó mientras la arrastraba hacia la pista de baile.

Susan pasó por la pista de baile por una canción tras otra, y finalmente terminó en sus brazos de Maestro.

En el momento en que él la rodeó con sus brazos, el zumbido dentro de ella comenzó de nuevo y ella jadeó, con los ojos muy abiertos.

Se inclinó hacia él sintiendo sus manos ahora familiares sobre ella y cerró los ojos por un momento mientras Boston sonaba en el fondo.

Su mente daba vueltas cuando abrió los ojos y observó a las personas que la rodeaban.

Estaban bailando muy cerca, demasiado cerca, pero él la abrazó con fuerza y el zumbido dentro de ella hizo que su mente se nublara de sensaciones mientras la hacía girar lentamente alrededor de la pista de baile y se inclinaba para susurrarle al oído.

"Te adoro, mi pequeña Campanilla".

Su respiración comenzaba a acelerarse cuando él la abrazó y un rubor se levantó en sus mejillas.

Ella lo miró y él sonrió sabiendo su incomodidad y calor dentro de esta multitud.

El placer en sus ojos como siempre llenándola de calidez.

Sus padres pasaron junto a ella en la pista de baile y ella se alejó un poco de Robert, pero este apretó su agarre sobre ella.

"Te ves acalorada", gritó su madre, "Llévala a tomar un poco de agua y que tome aire fresco, Robert".

"Realmente me gustaría beber un poco de agua fría", admitió Susan mientras sus padres bailaban.

"¿Un poco acalorada y molesta?" él le sonrió.

Ella asintió con los ojos brillantes.

"Bien". Dijo y el zumbido se detuvo abruptamente.

Llevándola al bar, le dio un vaso de hielo y agua, y caminaron juntos hacia uno de los cómodos nichos salpicados alrededor del borde de la tienda.

La fiesta comenzaba a disiparse y las personas que tenían un largo viaje a casa, comenzaban a irse.

"Esta fue una gran noche. Papá hizo un gran trabajo. Nunca había visto a mamá tan relajada en una de sus fiestas. Gracias por ayudarlo".

Ella volvió la cara hacia él notando una extraña mirada en sus ojos.

Luego agarró su mano y la arrastró detrás de él mientras se alejaba de la tienda principal hacia la oscuridad.

Ella chilló y corrió tras él.

La inmovilizó contra el otro lado del árbol, fuera de la vista de los invitados a la fiesta y se inclinó para besarla profundamente.

"Mía", murmuró mientras la besaba de nuevo.

El zumbido comenzó de nuevo con más intensidad y sus manos tiraron del corpiño de su parte superior hasta que sus dedos se cerraron alrededor de sus pezones, retorciéndolos bruscamente.

Su beso sofocó sus gemidos mientras la atormentaba.

Dio un paso atrás quitándose la chaqueta y colocándola sobre sus hombros y alas antes de empujarla hacia atrás, devorando su boca de nuevo.

Sus dedos se movieron hacia abajo de su cuerpo echando su traje a un lado.

Pellizcó y retorció su clítoris hasta que sus piernas temblaron y él sondeó dentro de ella con su otra mano sacando el tampón de ella y metiéndolo en su bolsillo.

Desabrochando sus pantalones, la levantó envolviendo sus piernas alrededor de sus caderas y entró en ella.

Su boca se cerró sobre la de ella, robando sus gritos de placer.

Sus tensiones acumuladas de la larga jornada convergieron para hacer que ambos se pusieran calientes y se corrieran rápidamente después de solo unos minutos.

"No puedo tener suficiente de ti, mi pequeña zorra".

Ella respiraba con dificultad, mientras él se apartaba y se salía de ella.

Ella lo miró con ojos preocupados.

"Dime qué hay en esa bonita cabecita tuya, mi Susy".

Su mente volvió a dar vueltas y se mordió el labio.

Se asomó por el borde del árbol.

"Si me quedo contigo, siempre estaremos en secreto así y nunca seremos como ellos. Como las parejas, tomados de la mano y besándose allí".

"¿Por qué no lo haríamos?"

"Bueno, tú estás casado para empezar ".

"No por mucho más tiempo".

"Es cierto, pero si Carla no hubiera encontrado a alguien, todavía lo estarías".

"No si aceptaras ser mía el lunes. Te dije que nunca antes había tenido motivos para divorciarme, pero que nunca he querido una esclava como te quiero, hasta ahora". Hizo una pausa buscando en sus ojos, "Con mucho gusto le mostraría a este mundo de vainilla que eres mía, pero primero tienes que aceptar mi otro mundo, porque ese es mi verdadero yo. Seré tu Maestro en primer lugar. El resto". agitó su mano alrededor "Será como siempre es. Mira a Alan y Anne. ¿Actúan como Amo y esclava aquí? No, pero ella todavía sabe su lugar, cuándo y dónde importa. Por lo que sabemos, muchas de las parejas que conocemos tienen un estilo de vida diferente a puerta cerrada ".

Él la miró a los ojos.

"Soy estricto, duro, sádico en mi uso de ti, pero también te adoro, te quiero y siempre te cuidaré y te escucharé. Dándome el poder de controlar y dominar tu mundo significa que tus preocupaciones se vuelven mías y yo me ocuparé de ellas por ti. Me dijiste cuando tus padres comenzaron a planear esta fiesta cómo te preocupabas por las obsesiones de reina del drama de tu madre. Me reuní con tu padre y creé esto"

Él se detuvo para dejar que sus palabras se le asimilaran.

"¿Hiciste todo esto por mí?" Ella susurró.

"No." Él dijo: "Hice esto por mí. Necesitaba más tiempo contigo. No quería que viajaras de aquí para allá todos los fines de semana o que te tomaras un tiempo libre para calmar los nervios de tu madre. Lo que pasó en toda esta semana hacía aún más importante que las cosas aquí fueran sin problemas. Soy un bastardo egoísta, pequeña y no quería compartirte esta semana con nadie o distraerme por una madre angustiada ". Él le sonrió, "Si hubiera podido llamar a la Madre Naturaleza para que me ayudara, habría pospuesto esta fiesta. Me complaciste más allá de todas mis expectativas esta semana. Estoy muy orgulloso de ti, mi pequeña esclava perfecta".

Ella se derretía bajo esa sonrisa mientras su mente daba vueltas a sus palabras.

No estaba segura de agradecerle o enfurecerse con él por interferir en su vida y la de sus padres.

Miró de nuevo alrededor del árbol y vio lo felices que estaban ellos en la carpa y lo mágico que parecía todo.

Lo único que salió mal esta noche fue por su culpa, Harry.

Se reprendió a sí misma nuevamente.

Sosteniéndola por el cuello, la presionó con fuerza contra el árbol y la besó profundamente, posesivamente y con una intensidad que hizo que sus piernas se quedaran temblorosas antes de soltarla.

"Eres mía Susy. Sabes que es verdad". La dejó ir. "Espero que la gente te busque y parece que necesito cambiarme los pantalones por ser la zorra tan húmeda y caliente que eres. Te compartiré con todos esta noche, pero mañana volverás a estar solo conmigo".

"Si señor." Se mordió el labio, "¿Podría usar esto?"

Tiró del pañuelo de su abrigo, su traje todavía estaba a un lado y podía sentir el semen en sus muslos.

Él sonrió como si estuviera considerando su pedido y ella se sonrojó profundamente.

Mientras él sacaba una servilleta grande de su bolsillo y el tampón que le había sacado.

Ella se echó hacia atrás cuando él la limpió y volvió a insertar su juguete.

Poniendo su disfraz nuevamente en su lugar, él sonrió,

"Todo mejor por ahora".

Él tomó su mano y comenzó a caminar de regreso a la fiesta.

La gente se demoraba y conversaba ruidosamente en las áreas exteriores mientras se acercaban, y él no la soltó de la mano hasta que estuvieron a pocos metros de distancia.

"Tengo que ir a limpiarme, pequeña zorra desordenada", le susurró y se volvió caminando hacia la casa.

Anne se acercó y sonrió.

"¡Tuviste sexo!" susurró entre risas, "Y no me mientas, que siempre me doy cuenta".

Susan se sonrojó.

"¡Anne! Mis padres están allá".

"¿Y qué?", Dijo "Apuesto a que lo hacen como conejos".

"No es una imagen que necesito en mi cabeza, gracias Anne", se rió Susan.

"Bueno, vamos a tomar otra botella de vino y salvar a tu madre de Alan. Él todavía está tratando de convencerla de que está disponible cuando ella deje a Paul para convertirse en una fiera".

Susan se rió alegremente.

"Realmente necesito ir al baño primero. Ve tú, me pondré al día en un momento".

Se apresuró alrededor de la carpa hacia donde había visto los baños al aire libre.

"Wow", pensó al entrar en el área de baños de la tienda, "esto es más agradable de lo que imaginaba"

Humedeciendo un poco una toalla de papel, se encerró en un cubículo, se limpió lo mejor que pudo y se arregló el disfraz.

Al salir, se tomó su tiempo para abrirse camino de vuelta a la carpa.

Solo quedaba un pequeño número de personas, la mayoría sentadas en las pequeñas áreas con sofás cerca del área del bar donde también habían instalado una estación de café.

Susan se acercó y se dejó caer en un sofá cerca de sus padres y amigos.

Alan la miró y se inclinó hacia adelante.

"Ven aquí, Campanilla".

Ella se levantó cansada y se acercó a él.

Él la empujó hacia abajo para sentarse en su rodilla y le sonrió.

"Oh, ya entiendo", dijo Susan y tomó sus orejas moviéndolas hacia su barbilla, "Ahora para Navidad Santa me gustaría un ..." todos se echaron a reír y Alan parecía infeliz por arruinarle su diversión.

"Devuélveme esas orejas chica descarada, definitivamente estás en la lista de las traviesas ahora".

Robert llegó y levantó una ceja en su dirección.

"Estaba a punto de decirle a Susan que cuando Caty deja a Paul para convertirse en una fiera, mi nombre está en la parte superior de la lista. Solo estaba comprobando cómo se sentía sentada en mi rodilla, pero me estaba tomando el pelo sin piedad y sabes el alma sensible que soy yo".

"De hecho, un alma muy sensible", dijo Robert con una cara perfectamente recta.

Anne puso los ojos en blanco y dijo:

"Ven y siéntate conmigo, Campanilla. Creo que soy la única persona sana que queda en este pequeño grupo."

La noche continuó con todos riéndose y bromeando unos con otros mientras el personal limpiaba los restos de la fiesta detrás de ellos.

Caty comenzó a sentir que le llegaba el sueño y Paul la ayudó a levantarse.

Los juerguistas nocturnos finalmente tomaron las tiendas de campaña pequeñas al costado de la casa y la carpa grande quedó en silencio.

Anne le pasó una copa de vino y dijo:

"Salud Susan. Bien podría permanecer despierta y ver salir el sol ahora. No pasará mucho tiempo para eso".

Susan chocó su copa con la de Anne mientras Alan murmuraba:

"Ės mejor que separemos a estas dos, Robert, creo que Anne es una mala influencia para tu dulce chica".

Se puso de pie y levantó a Susan dejándola en el regazo de Robert antes de sentarse al lado de Anne y acercarla a él.

"Gran noche, Robert. Gracias por la invitación. Anne, aquí ha acumulado una gran cantidad de indiscreciones que podríamos necesitar repasar el lunes".

Anne se echó a reír.

"Tenía inmunidad especial esta noche. ¿No es así, Robert?"

"Solo de mí. No puedo hablar por él".

"Oops. Tal vez deberíamos encontrar una tienda de campaña de repuesto para que pueda compensarte, Maestro", Anne hizo como si se pusiera en marcha.

"En realidad, me gustaría cambiarme antes de que llegue la gente del desayuno, pero no quiero perderme el amanecer, así que eso puede esperar". Alan miró a su esclava significativamente.

Cayeron en una charla tranquila y fácil.

Anne preguntando por Harry y discutiendo la gran variedad de disfraces que habían visto.

Robert le quitó las alas a Susan para que ella pudiera recostarse contra él correctamente.

Cuando el sol comenzó a salir, los proveedores de comida les trajeron un plato de pan recién horneado, jamón, queso y huevos, que comieron con ganas.

Devoraron la comida mientras el sol se levantaba, iluminando lentamente el reino de cuentos de hadas y rompiendo el hechizo que había tenido la noche.

Robert se puso de pie y se estiró.

"Mejor llevo a esta princesa de cuentos de hadas a la cama para que duerma un par de horas. Nos vemos en un rato".

Levantó a Susan y la llevó a la casa.

Él la desnudó rápidamente y la ayudó a ponerse el camisón de estilo muñeca que había empacado para ella.

Acostándose en la cama con ella, acarició su pequeña forma.

Sus dedos se hundieron suavemente debajo de las bragas a juego mientras la besaba.

Sus muslos se separaron para él automáticamente.

Él jugó con ella un rato mientras recuperaba su juguete.

"Muy necesitada", murmuró en su beso mientras retiraba su mano y le sonreía. "Duerme ahora, mi pequeña zorra", la besó de nuevo y se quedó embolsándose el juguete y salió de su habitación en silencio.

# LA HISTORIA CONTINUARÁ EN EL ÚLTIMO VOLUMEN: DECISIÓN FINAL

# FANTASÍAS: BDSM Y TRÍO (DOMINACIÓN ERÓTICA) ERIKA SANDERS

# CAPÍTULO 1

Llevando nada más que un abrigo de piel, Susy entró en la habitación.

Fred está atado a la cama con las piernas abiertas.

La emoción en sus ojos coincidía con la erección dura como la roca que estaba mostrando.

Esta era su fantasía.

Para su aniversario, habían decidido regalarse la fantasía sexual elegida.

Fred siempre había deseado probar la esclavitud, y por fin había sido lo suficientemente valiente como para sugerirlo.

Para su sorpresa, ella no se rió, le encantó la idea y se complació en encontrar una variedad de artículos entre los cuales elegir.

Las muñecas de Fred estaban atadas a la cabecera con cordones de seda.

Mientras la observaba caminar lentamente hacia él, no pudo evitar apretar los puños y tirar de sus ataduras.

El abrigo estaba desabrochado en la parte delantera y, mientras caminaba, él podía ver sus senos, su ombligo y su vello púbico.

Pareció tardar una eternidad en llegar al final de la cama.

Al subir a la enorme cama, ella se arrastró por su cuerpo.

El pelaje rozó sensualmente contra su piel.

Ella capturó su boca con la suya, mientras frotaba su cuerpo contra él.

Le encantaba que ella tuviera el control total, pero no se había dado cuenta de cuánto quería tocarla.

Su boca caliente estaba sobre su erección, chupándolo y lamiéndolo, él gimió y sus caderas se levantaban de la cama ansioso por más.

"Oh ... Susy ... puedes desatarme ahora, deja que te toque".

"Oh no ... te quedas atado".

Ella le sonrió, mientras ahuecaba sus bolas y deslizaba sus dedos detrás de ellas para masajear la piel sensible allí.

"Mmmm querida ... eso es bueno, pero también quiero darte placer".

"Oh, lo harás".

Susy se quitó el abrigo de piel de los hombros y lo dejó caer al suelo.

Y con una sonrisa malvada se arrastró de regreso a la cama.

Ella se arrodilló sobre la almohada, una rodilla a cada lado de la cabeza de Fred y bajó el coño a su boca que esperaba.

Fred lamió ansiosamente, cuando ella se inclinó hacia adelante y tomó su dureza en su boca una vez más.

Le resultaba difícil concentrarse en lo que estaba haciendo porque su lengua la estaba volviendo loca.

Dulces sensaciones recorrían su cuerpo, hasta que comenzó a temblar y luego gritó cuando su orgasmo se estremeció hacia sus extremidades.

Ella se apartó de él y se deslizó por su cuerpo, y se empaló en su masculinidad rígida y expectante.

Escuchó a Fred jadear y retorcerse debajo de ella mientras su cálida humedad lo envolvía.

Ella comenzó a levantarse y caer lentamente, deslizándose arriba y abajo por toda su longitud.

Le encantaba sentirlo dentro de ella, llenándola y estirándola hasta el límite.

Ella se aplastó contra él con más fuerza, pudo sentir que la tensión en su cuerpo comenzaba de nuevo, y comenzó a montarlo en serio.

Cada vez más fuerte ella golpeaba contra él.

Ella sabía que él estaba cerca, pero no podía llegar allí ella misma tan rápido sólo con esto.

Deslizó su mano por su cuerpo y comenzó a darse placer.

Jugando con su clítoris con su dedo, llegando al orgasmo un momento después de que Fred eyaculara dentro de ella.

Se tumbó junto a Fred y le desabrochó los cordones de seda.

Se frotó las muñecas y luego la tomó en sus brazos.

"Eso fue increíble", le dijo mientras la abrazaba con fuerza contra sí mismo. "Pero noté que necesitabas ayudarte a alcanzar el orgasmo de nuevo, ¿no hay nada que pueda hacer para que te vengas mientras estoy dentro de ti?"

"Sabes", Susy comenzó vacilante, "Hay algo de lo que siempre me he preguntado".

"Dilo." Fred le dijo "Déjame cumplir tu fantasía".

"Siempre me he preguntado qué se sentiría si alguien me lo comiera mientras estás dentro de mí ..." Susy dudó esperando que Fred se negara.

Pensó cuidadosamente por un momento.

Estaba sorprendido por su pedido.

Tendría que ser alguien en quien pudieran confiar, pensó.

"¿Puedes darme algo de tiempo?" Preguntó mientras la miraba a los ojos. "Tendrás que confiar en mí para encontrar a alguien adecuado, alguien discreto".

"Sí, por supuesto." Ella se sorprendió de que él estuviera de acuerdo con sus deseos.

Fred entendió completamente.

"Está bien Susy, cumpliste mi fantasía, ahora cumpliré la tuya".

# CAPÍTULO 2

Aproximadamente una semana después, Susy llegó a casa y descubrió que Steven estaba de visita.

"Hola Steven, ¿qué te trae por aquí?" Susy lo abrazó cálidamente; ella siempre había sido cercana a Steven.

"Oye, bebé, solo estaba pasando y pensé en ver cómo estaban ustedes dos".

Hicieron un poco de té para los tres.

Tostaron malvaviscos sobre el fuego y Fred insistió en hacer sándwiches de mantequilla de maní y mermelada.

La noche pasó divertida y los tres consumieron un par de botellas de vino.

Eventualmente, Susy dijo que estaba lista para irse a la cama y cuando dijo buenas noches, no se dio cuenta de la mirada que pasó entre Fred y Steven.

Se desnudó y se deslizó entre las sábanas.

Fred se unió a ella y la tomó en sus brazos y comenzó a acariciar su cuerpo.

La cabeza le daba vueltas tanto con el alcohol como con el deseo, y pronto se besaron apasionadamente, Fred le acariciaba los senos y le chupaba los pezones.

Susy se aferró a sus hombros instándolo a seguir.

Sus dedos profundizaron en sus pliegues extendiendo su humedad y sondeando dentro.

Podía sentir que se iba a correr, acercándose a su clímax, y luego Fred se alejó.

"No ... Fred, no pares ... por favor ..."

Fred la detuvo encima de él y la hizo caer sobre su erección.

Susy jadeó cuando él la llenó con su polla.

En su frustración, ella comenzó a restregarse contra él.

Tenía tantas ganas de correrse que comenzó a bajar una mano, pero Fred la tomó de la mano y la sostuvo.

Ella bajó la otra mano y él la agarró también.

"Fred no, no sabes lo que esto me está haciendo ..." rogó.

Fred estaba decidido a mantener el control todo el tiempo que fuera necesario.

Susy estaba apretando contra él, estaba tan cerca pero necesitaba algo más para llevarla al límite.

En su frustración, Susy no escuchó la puerta del dormitorio abrirse y Steven entrando silenciosamente en la habitación.

Ella no estaba completamente consciente de él hasta que sintió las manos detrás de ella ahuecando sus senos.

Estaba tan sorprendida que se congeló y se giró para encontrarse a Steven desnudo detrás de ella.

"¡Steven!" Ella jadeó cuando sus grandes manos apretaron suavemente sus senos.

"Estoy aquí para ayudar a cumplir tu fantasía, bebé". Le susurró en su oído.

Su voz envió escalofríos por su columna vertebral.

Estaba entusiasmada con la idea pero también nerviosa.

Nunca había hecho algo así antes.

"Está bien, Susy, solo disfrútalo". Instó a Fred.

Cuando los dos hombres la alentaron a recostarse, Steven juntó sus senos entre sus manos y comenzó a lamerlos y mordisquearlos.

La sorpresa de la llegada de Steven había amortiguado su excitación, momentáneamente.

Pero ahora estaba creando un nuevo fuego dentro de ella.

Fred todavía estaba enterrado profundamente dentro de ella, mientras Steven lamía su cuerpo.

Se sumergió en su ombligo antes de hundirse más.

Susy se deslizaba muy lentamente por el miembro de Fred, y cuando la lengua de Steven llegó a su clítoris pensó que iba a morir de placer.

Fred dejó escapar un sobresalto. "¡Oh!" cuando sintió la lengua de Steven en la base de su miembro.

Fue completamente inesperado e increíblemente emocionante.

Steven continuó lamiendo a Susy, manteniendo un ritmo perfecto con su relación sexual.

Susy estaba loca de deseo; ella nunca había sentido algo así antes.

Las sensaciones eran tan intensas.

La lengua experta de Steven estaba en su clítoris, y Fred estaba ardiente y duro dentro de ella.

Las dos sensaciones combinadas fueron explosivas.

De repente, Fred estaba empujando hacia ella, y Susy estaba gritando con su orgasmo.

"Demasiado sensible ..." Susy murmuró mientras alejaba la cabeza de Steven.

Luego llevó a Fred a su clímax.

Susy se derrumbó sobre Fred jadeando y sudando en el calor de la pasión.

Susy miró tímidamente a Steven y se dio cuenta de su palpitante excitación.

Ella susurró al oído de Fred y él asintió.

"Déjame ayudarte con eso." Susy dijo antes de tomarlo en su boca.

Fred observó cómo su esposa chupaba la polla de Steven en toda su longitud.

Ella lo atrajo profundamente, tomando todo lo que pudo.

Luego comenzó un ritmo, dos rápidos y poco profundos y uno profundo y lento, deslizó las uñas por sus muslos y pudo sentirlos tensos.

Pronto él se corrió en su boca mientras ella tragaba tan rápido como podía.

A Fred le pareció increíblemente emocionante verlo, se puso duro de nuevo en poco tiempo.

Así que, inmediatamente, lo quería hacer de nuevo.

Rodando sobre su espalda y empujó su polla dentro de Susy, mientras Steven salía de la habitación.

.

# FIN

# SUMISA
# ERIKA SANDERS

Te deseo.

Todo de ti.

De la cabeza a los pies y todo lo demás.

Tu cuerpo, tu mente, tu alma.

Las imperfecciones que odias que yo no.

Amo cada parte de ti, tal como eres.

Especialmente ese culo.

Quiero estar contigo.

Todo el tiempo.

No importa dónde esté.

Mi mente divaga, provocada por un pensamiento o una imagen.

Una canción.

Tus iniciales en una matrícula.

Una simple palabra hablada de pasada que tiene un significado especial para ambos.

Un extraño que lleva el pelo como tú.

Vestido como tú.

Quiero oír tu voz.

Cuando me llamas con tus nombres de mascotas.

Dime que me amas, me extrañas.

Describe cómo fue tu día.

Pregúntame sobre el mío y dame tu opinión.

Comparte lo que estamos haciendo o planeamos.

Incluso lo mundano.

Sedúceme a altas horas de la noche mientras estoy tumbada desnuda en la cama en la oscuridad y tú estás a kilómetros de distancia.

Sé duro conmigo cuando me pongo malcriada y hago pucheros por colgarme el teléfono para dormir o para prepararte para el trabajo.

Quiero ver tu interior abierto por escrito.

Saboreo cada nuevo mensaje y foto.

Reviso las conversaciones pasadas.

Recuerdo que cuando no estamos físicamente juntos, todavía piensas en mí.

Que puede estar ahí con un toque de tus dedos.

Tus palabras son fuertes a pesar de que no hay sonido; me tocan en el fondo, como si me las hubieras dicho directamente al oído.

Quiero comentar mis novelas contigo.

Sugiéreme ideas mientras hacemos una lluvia de ideas sobre la trama y los nombres de los personajes.

Elimina las áreas problemáticas.

Marearte con los comentarios y opiniones de los fans.

Apaciguar mi ira y confusión cuando los lectores sin rostro y sin corazón critican mis historias sin una buena razón.

Y continúo escribiendo otro día con tu ánimo.

Quiero ser domesticada por ti.

Para cocinar y hacer los quehaceres de la casa.

Hacer recados.

Ir a bailar, ver una película y hacer viajes.

Solo acurrúcate y toma una siesta en el sofá en un fin de semana lluvioso.

Llamarme deseoso para hacer el amor bajo montones de mantas en la cama todo el día.

Dormirnos en los brazos del otro por la noche y luego despertarnos uno al lado del otro por la mañana.

Ducharnos juntos.

Tener sexo de reconciliación cuando peleemos.

Quiero ser besada por ti.

Repetidamente.

Tanto con ternura como con brusquedad.

Sabes cómo burlarte de mí.

Satisfacerme.

Despertarme con tus labios, dientes y lengua.

Para hacerme llorar y gemir.

Suplicar.

Mi cuerpo tiembla.

Quiero hacer cosas pervertidas contigo.

Asistir a comidas y eventos.

Hacer amigos en tu estilo de vida.

Participar en juegos sexuales en fiestas.

Descubrir más deseos secretos.

Liberar nuestras inhibiciones.

Explorar nuestros lados más oscuros.

Llevarnos el uno al otro a lo más alto de los máximos y luego consolarnos el uno al otro cuando caemos en el más bajo de los mínimos.

Quiero ser dominada por ti.

Gruñó porque soy tuya.

Haces que mi pulso se acelere y que la respiración se detenga al oír tus órdenes.

Silencioso o brusco, ambas situaciones me hacen sonrojar.

Tengo muchas ganas de que me sujetes contra la pared con tu polla entre mis piernas, presionado contra mi coño.

Que me ordenes follarte ... que venirme solo cuando tú lo digas.

No tengo más remedio que ceder cuando torturas mis oídos, cuello y pechos con tu boca.

O cuando siento tus manos sobre mi cuerpo mientras reclamas lo tuyo.

Mi pecho se hincha de orgullo cuando dices que soy una "buena chica" por hacer lo que quieres.

Quiero estar atado por ti.

Físicamente.

Mentalmente.

Con tus manos, esposas o cuerdas.

Mis muñecas sostenidas en tu agarre por encima de mi cabeza o aseguradas a la cabecera de la cama.

Piernas restringidas, juntas o separadas.

Mis movimientos y reflejos controlados.

Cualquier posibilidad de tocarte eliminada.

Una venda sobre mis ojos para no ver lo que me vas a hacer.

Quiero ser jodida por ti.

Desnuda y abrumada bajo tu cuerpo mientras me arrasas.

Quedarme libre de restricciones sin un toque de ninguno de los dos, usando solo tus palabras para hacerme retorcerme y gemir mientras arruinas mi mente deliciosamente.

O los toques simples y ligeros que has descubierto que me sacan múltiples orgasmos sin importar dónde acaricies mi cuerpo.

Quiero que me utilices.

Ser arrastrada de un sitio a otro a tu antojo.

Abrumada cuando lucho.

Mi trasero desnudo golpeado mientras me sujetabas.

Mis juguetes usados en mí ... por ti.

Tu mano aferrada a mi cabello en la parte de atrás de mi cuello.

Presionando ligeramente sobre mi garganta mientras me miras a los ojos.

Para recordarme quién está a cargo.

Quiero obedecer tus reglas.

Cuando estás fuera de mi alcance, me dan algo en lo que concentrarme.

Están definidas teniendo en cuenta mi mejor interés.

Sé que serás disciplinado en consecuencia si las rompo.

Que confíes en mí para ser honesta contigo cuando te he desobedecido.

Quiero que me consueles.

Acurrucada contra ti cuando estoy a abrumada o tengo un mal día.

Mi cabello acariciado y besado con mi cabeza acurrucada debajo de tu barbilla contra tu pecho.

Calmada por tus palabras y tus brazos a mi alrededor.

Mecida hasta que cese cualquier lágrima.

Quiero cuidarte.

Para abrazarte cuando estás triste, cansado o enfermo.

Seré tu fuerza, alguien en quien apoyarte, porque incluso un Dominante puede tener momentos débiles.

Como tu sumisa, estoy aquí para ti en cualquier situación que me necesites.

Para complacerte o aliviar tu dolor.

Quiero todas estas cosas y más.

Porque soy sumisa de esa manera.

Como tu dominante ...

# FIN

www.ingramcontent.com/pod-product-compliance
Lightning Source LLC
LaVergne TN
LVHW090129160826
845673LV00015B/1122

* 9 7 9 8 2 2 7 6 6 5 2 9 4 *